Sandra (22)

Erfahrungen zwischen den Jahren

Teil I

Liebe Leser!

Durch den, doch unerwarteten Erfolg, unserer Bücher Sandra (19), Sandra (20) und Sandra (21), haben wir uns entschlossen weitere Erfahrungen zu erzählen. Diese Ereignisse fanden ebenfalls in den Zeiträumen statt, wurden aber bisher noch nicht veröffentlicht. Wir bedanken uns bei unseren Lesern und wünschen viel Spaß beim Lesen!

Herstellung und Verlag:
BoD – Books on Demand, Norderstedt
ISBN 978-3-7322-4786-8

~ 3 ~

Wie immer gilt:

Dieses Buch enthält Darstellungen von Sex, inklusive diverser Dinge, die nicht von allen Lesern als durchschnittlich angesehen werden.

Dieser Roman ist nicht für Leser unter 18. Jahren geeignet! Für alle anderen, viel Spaß!

Die Pokerrunde:

Zwischen dem Ersten und dem Zweiten Jahr fand ein ganz besonderes Ereignis statt. Natürlich war ich wieder mal pleite und brauchte dringend Geld. Da stieß ich auf folgende Anzeige:

„Wir sind eine lustige Pokerrunde und suchen ein junges Mädchen, das uns während dem Kartenspielen lieb bedient!"

Da diese Anzeige nicht im Stellenmarkt, sondern in der Erotikabteilung war, wusste ich schon ungefähr um was es sich handeln würde. Trotzdem war ich heiß, diesen Job zu bekommen und schrieb deshalb eine Mail:

„Hallo. Ich bin Sandra, 20 Jahre alt und interessiere mich für dieses Angebot. Bitte mehr darüber erzählen!"

Er tat dies auch, und das in einer sehr höflichen Form.

Er:

„Hallo Sandra! Wie gesagt, wir sind eine nette Kartenspielerrunde und suchen eine Bedienung☺.

Am liebsten sollte sie jung und schön sein und vor allem keine Scheu haben, etwas Ungewöhnliches zu machen."

Ich:

Jung bin ich und attraktiv denke ich auch. Was verstehst Du unter ungewöhnlich?"

Er:

„Du solltest uns barbusig die Getränke reichen. Ist das ein Problem für Dich?"

Gott war der niedlich. Barbusig? Als ob ich nicht schon andere Sachen gemacht hätte.

Ich:

„Nein, das ist überhaupt kein Problem! Zur Info schicke ich ein Bild von mir mit."

Das Foto zeigte mich, in meinem letzten Urlaub. Der Bademeister flippte damals total aus, als ich mich „Oben ohne" sonnte.

Er:

„Nicht schlecht Herr Specht. Da werden sich meine Kumpels aber freuen!"

Ich:

„Soll das heißen ich habe den Job?"

Er:

„Ja klar, bist doch so ne Süße!"

Er schrieb mir noch ein paar Kleinigkeiten, wie Adresse, Uhrzeit und den Wunsch seiner Klamottenwahl. So sollte ich ganz normal kommen, bloß nicht nuttig. Eine schöne Jeans, ein T-Shirt und nette Schuhe waren seine Wünsche.

„Das wird doch mal ein cooler Job", dachte ich mir und zog mich nach seinen Vorstellungen an. Eines hatte ich vergessen zu fragen. Keine Ahnung hatte ich über ihr Alter und das Aussehen. „Aber nur alte Leute spielen Karten", beruhigte ich mich selber. Keine Ahnung hatte ich auf diesem Gebiet. Die Wohngegend war ebenfalls eine, die meine Vermutung bestätigte. Ein alter Plattenbau, der nicht besonders gut aussah. Der Aufzug stank nach

Müll und ich war froh, dass der siebte Stock auch bald erreicht wurde. Im Hausflur wartete auch schon der Mann, mit dem ich das Alles ausgemacht hatte. Alt sah er nicht aus, im Gegenteil. Die erste Schätzung belief sich auf Mitte Dreißig. Auch die anderen Typen waren in seinem Alter, und sahen gar nicht mal so schlecht aus. Eins wunderte mich nur. Jeder von denen trug einen sündhaft teuren Anzug, noble Schuhe und an den Handgelenken baumelte etwas Goldenes. So eine scheiß Gegend und dann solche Leute? Das passte irgendwie nicht zusammen!

„Ist das eure Wohnung, oder habt ihr die von einem Hartzler ausgeliehen?"

„Warum? Ist doch cool hier!" Antwortete einer von den Herren. Ich sah mich genauer um, und musste ihm rechtgeben. Ein fetter Pokertisch war mitten im Raum, an den Wänden hingen mehrere Fernseher.

„Ach so, jetzt weiß ich was du meinst. Wegen dem Haus. Die Wohnung haben wir nur angemietet, dass wir in Ruhe zocken können. Hier stört uns keine Frau, bzw. nur dann, wenn wir es auch wollen!" Sprach der, mit dem ich geschrieben hatte, und zwinkerte mir zu. Wir stellten uns gegenseitig kurz vor. Es waren insgesamt sieben Männer, die sich gleich auf eine schöne Pokerrunde freuten. Nicht nur das. Ich sollte ja auch als Animierdame fungieren. Genau in dieser Funktion bewegte ich mich auch in die Küche, um Getränke zu reichen, nicht aber vorher mein T-Shirt gelüftet zu haben. Barbusig, wie sie es auch wünschten, stand ich vor ihnen und reichte die erste Runde. Ich traute meinen Augen nicht. Gerade mal fünf Minuten war ich weg, und schon waren mehrere hundert Euro auf dem Tisch. Völlig verdutzt sah ich ihnen zu, und bemerkte gar nicht, dass ich bereits das Objekt der Begierde geworden bin.

„Nette Titten hat die Kleine!" Sprach einer, der gerade All-In war.

„Ja finde ich auch!" Da hast mal nicht zu viel versprochen. Mein Mailpartner wurde für seine Auswahl gelobt.

Der Pott wanderte in Richtung des Gewinners. Ich denke, so knapp zweitausend Euro müssten das gewesen sein.

„Dafür muss ich viele Schwänze blasen!" Dachte ich mir, und sah dem Treiben weiter zu.

„Darf ich den Herren noch etwas bringen?" Fragte ich in die Runde.

„Nein, im Moment nicht!" Kam es im Chor zurück.

„Kannst aber gerne hierbleiben und zusehen!" Meinte ein anderer. Er war derjenige, den ich am unsympathischsten fand. Die paar Haare die er noch hatte, wurden zu einem Pferdeschwanz gebunden, seine Fingernägel standen vor Dreck und sein Bauch quoll aus dem Hemd.

„Komm stell dich hier her. Dann kann ich deine geilen Titten immer sehen!" Meinte er ein weiteres Mal und griff mir dabei an den Hintern.

„Anfassen war nicht ausgemacht!" Sprach ich leise, und nahm seine Hand von meinem Po.

„Und jetzt?" Er zog einen Hunderter aus seinem Stapel und reichte ihn mir.

„Aber nur kurz!" Antwortete ich.

„Und jetzt? Wie schaut es jetzt aus?"

Er nahm wieder einen Schein in die Hand, und überreichte ihn mir.

„Jetzt schon etwas länger!" Grinste ich ihn an. Er strich mir grob über den Hintern, und beglückwünschte sich selber zu diesem Geschäft.

„Geilen Arsch hat die!" Schrie er seinen Kumpels zu.

„Komm setz dich her und sei mein Glücksbringer!" Forderte er mich auf, und drückte mir zugleich ein paar Scheinchen in die Hand. Ich saß auf seinem Schoß, und wurde in regelmäßigen Abständen befummelt. Eine Hand war auf meinem Hintern, eine an meiner Brust, die nun immer fester geknetet wurde. Seine Kumpels sahen ihn an, und beneideten ihn.

„Der Nächste der gewinnt, bekommt sie ausgeliehen?" Schlug ein weiterer Mitspieler vor.

„Wenn du dir das leisten kannst?" Sprach ich und zeigte auf seinen Geldberg. Der war durch einige verlorene Spiele schon sehr geschrumpft.

„Mach dir da mal keine Sorgen!" Das Dicke in meiner Hose ist nicht nur mein Schwanz, sondern vor allem viel Geld! Lautes Gelächter entbrannte am Tisch. Tatsächlich! Er gewann das nächste Spiel und so wurde ich herbeigeordert.

„Sorry, Schatz! Muss zum nächsten Gewinner!" Sprach ich leise zu meinem Ex-Sponsor. Mit einem kleinen Küsschen verabschiedete ich mich und saß mich auf den Schoß des Gewinners der letzten Runde. Er nahm meine Hand und führte sie zwischen seine Beine.

„Und was soll ich jetzt erkennen? Deinen Schwanz, oder das Geld?" Fragte ich mit einem Leuchten in den Augen.

„Beides!" Kam unerschrocken zurück. Eine Hand war bereits sehr nahe an meiner Muschi.

„Wie bei deinem Kollegen auch! Anfassen erst nach einer kleinen Bonuszahlung!"

„Ja klar. Entschuldigung!" Sprach er und griff in den Haufen vor sich. Es wurde nicht großartig abgezählt, sondern wahllos ein paar Scheinchen genommen.

„Hier bitte schön!"

Ich sah mir das Geld an, und frohlockte innerlich. Für diesen Betrag hatte er sich eigentlich mehr als nur tatschen verdient. Das sah er allerdings auch so.

„Oh, da war ich im Eifer des Gefechts wohl ein wenig großzügig. Aber geschenkt ist geschenkt." Meinte er recht cool. Ich hatte stattdessen eine weitere Taktik. Der Reigen war eröffnet. Jeder wollte den anderen mit seinen Angeboten überbieten, ich musste nur lieb sein und mitspielen.

„Ja, dafür hast du dir auch eine besondere Überraschung verdient." Sprach ich und fummelte bereits an seiner Hose. Innerhalb kürzester Zeit war sein Gürtel geöffnet, die Jeans zu seinen Beinen gezogen und der Schwanz herausgeholt.

Mit einer Hand wichste ich ihn, mit der anderen wuschelte ich durch sein Haar.

„Bis zur nächsten Runde, bin ich dein!" Sprach ich recht laut, so dass es jeder hören konnte.

„Wenn jemand anderes gewinnt, muss ich zu dem! Also streng dich an!" Sagte ich nicht weniger leiser. Jeder am Tisch wusste, dass es doch jetzt wirklich interessant werden konnte. Nicht nur das viele Geld, sondern vor allem ich, war ein riesen Anreiz. Während die Karten ausgeteilt und die ersten Einsätze getätigt wurden, wichste ich ihn. Mal leicht, mal etwas fester. „Nur kommen, darf er noch nicht!" Dachte ich mir. Man sollte sein Sparschwein nie so früh schlachten. Ihm war die jetzige Runde wohl zu heiß, und so stieg er recht früh aus.

„Hast einen geilen Schwanz. Hoffe mal du gewinnst heute noch ne Runde, dann kann ich weitermachen!" Sprach ich und ging zum nächsten Gewinner. Der hatte bereits schon eine gewisse Vorarbeit geleistet, und machte es sich schon selber.

„WOW, der steht ja schon wie eine Eins!" Lächelte ich und legte gleich Hand an. Nicht aber ohne vorher ein weiteres Geldgeschenk empfangen zu haben. Diesmal war es so hoch, dass auch ich meine Dienstleistung dementsprechend anpassen musste.

„Ich glaube, der will von mir persönlich begrüßt werden!" Sprach ich, schon mit seiner Eichel an meiner Zunge. Schlagartig umschloss mein ganzer Mund, sein Glied.

„Hättet ihr Säcke mehr spendiert, würdet ihr jetzt auch in diesen Genuss kommen!" Hauchte er in die Runde.

„Mann bläst die Kleine gut!" Stöhnte er hinterher. Ich gab auch alles, mehr aber im eigenen Interesse. So eine Art Eigenwerbung war das, um beim Nächsten noch mehr rausschlagen zu können. Trotz meines Blasens gewann er auch die nächste Runde, und hatte nun eine Menge Geld gewonnen. Sein Schwanz war prall gefüllt und wollte eigentlich entleert werden.

„Nur mal so ne Frage. Welchen würdest du denn nehmen, wenn du meinen Saft schlucken würdest?" Sprach er und hielt mir ausgebreitete Geldscheine vor die Nase. Ich deutete auf einen Fünfhunderter!

„Nimm ihn dir, und spiel ganz genüsslich mit meinem Sperma, wenn ich gekommen bin."

Ich stopfte den Schein zu denen, die bereits erwirtschaftet wurden, und fing erneut das Blasen an. Die anderen Spieler sahen mir dabei zu. Diejenigen, die ich bereits gewichst hatte, machten es sich selber dabei. Gekniet, sah ich ihnen dabei zu und lächelte. Der Geblasene ließ seinen Kopf in den Nacken fallen, schloss die Augen und genoss das Schauspiel. Immer tiefer verschwand sein Schwanz in meinem Mund, die Eier wurden zusätzlich gestreichelt.

„Ich komme gleich!" Schrie er und forderte mich auf, den Mund noch weiter zu öffnen, was ich auch tat. Mit festen Wichsbewegungen, offenem Mund und ausgestreckter Zunge wartete ich auf seinen Saft.

„Ja komm, gib mir deine Milch!“ Hauchte ich noch kurz, bevor ich das Ergebnis spüren konnte. Ein Teil schoss direkt auf meine Zunge, der andere floss über das Gesicht. Natürlich kam mein Standartspruch, diesmal aber mehr um die anderen Anwesenden heiß zu machen.

„Schmeckt geil dein Saft!“

Aus den Augenwinkeln konnte ich in weitere geile Gesichter sehen, und ich wusste, dass dies nicht das Ende des Abends bedeutete. Sein Schwanz wurde noch ein wenig sauber geleckt, mein Gesicht mit einem Taschentuch gesäubert, schon war ich wieder bereit, neue Kunden zu empfangen.

„Habe ich gut geblasen?“ Fragte ich nach, um meine ersten Kritiken zu bekommen.

„Der Hammer! Jeder hier kann sich darauf freuen.“ Meinte er.

„Aber auch nur, wenn er es sich auch leisten kann!“ War mein Nachsatz. Einige konnten es, zwei waren aber schon ziemlich pleite.

„Kannst mir eventuell etwas leihen? Die muss mir heute noch einen blasen!" Konnte ich von irgendwo am Tisch hören.

Das Spiel ging weiter, und jeder hoffte, dass er nun gewinnen würde. Das Geld war schon lange zweitrangig. Mein Besuch stand nun an erster Stelle.

„Hat einer von euch Säcken eigentlich Kondome einstecken?" Fragte der Typ, der gerade All-In war. Einer bejahte diese Frage, ich schaute nur mit ganz großen Augen.

„Um mit mir zu ficken, musst aber noch paar Runden gewinnen!" Bluffte ich, um den Preis nach oben zu treiben.

„Lass das mal meine Sorge sein!"

Er war sich seiner Sache ziemlich sicher, konnte er auch. Drei Asse sah ich auf seiner Hand. Die Einsätze bewegten sich mittlerweile in schwindelerregender Höhe.

„Zieh dich schon mal aus!" Flüsterte er mir ins Ohr.

„Kostet aber wirklich ne Stange!" Antwortete ich in derselben Lautstärke.

„Kein Problem. Zieh dich aus!"

Oben rum war ich bereits schon nackt. Die Jeans und mein Slip waren auch schnell auf dem Boden. Splitterfasernackt stand ich, nicht nur vor ihm. Natürlich konnten mich so auch alle anderen beobachten.

„Steck dir mal einen Finger rein!" Forderte ein anderer Typ mich auf.

„Die Kleine gehört jetzt mir!" Sprach der, der mich zum Ausziehen aufgefordert hatte. Keiner konnte seine drei Asse toppen, und so wanderte der ganze Pott in dessen Hände.

„Komm her Süße!" Schrie er vor lauter Freude, nachdem das Geld gezählt wurde. Ich tat es, nicht aber vorher meine Bedingungen zu nennen. Eigentlich war am Anfang der Deal gemacht worden, dass ich nur barbusig Getränke reichen sollte. Wichsen und blasen war schon nicht ausgemacht, und ficken schon zweimal nicht. Genau dies teilte ich auch mit. Ihm war das egal, was ich verlangte. Er wollte mit mir schlafen, und das um jeden Preis. Er zog sich die Hose aus, holte seinen Schwanz heraus und forderte, dass ich mich auf ihn setzen sollte.

„Hier? Vor den Augen deiner Kumpels? Nein!" Sprach ich doch recht fassungslos.

„Warum nicht?"

„Weil es halt so ist!"

„Dann komm mit!"

Er zog sich die Hose sporadisch über die Beine und hinkte, mehr oder weniger in einen anderen Raum. Ich folgte ihm, und konnte in erstaunte Gesichter sehen, als ich mich nochmal umdrehte.

„Viel Spaß und besorg es ihm richtig!" Schrien fast alle mir entgegen. Die Tür verschloss sich, wir waren alleine in diesem Zimmer. Eigentlich hatte ich überhaupt keine Lust auf Sex. Irgendwie war er nicht mein Typ. Auch nach mehrmaligen stimulieren meiner eigenen Muschi, konnte ich keine Nässe feststellen.

„Leck mich mal so richtig nass!" Forderte ich ihn auf und setzte mich auf sein Gesicht. Blitzartig konnte ich die Zunge an meinem Kitzler spüren. Es war nicht schlecht, aber auch nicht besonders gut. Es reichte aber, um eine gewisse „Grundnässe" zu entfachen.

„Gut, das reicht! Wie magst du?" Fragte ich beim Heruntersteigen.

„Was meinst du damit?"

„Wie willst du mich ficken? Von Vorne, von Hinten oder im Stehen?"

Er fing das Überlegen an.

„Von Hinten!" Schoss es mir doch recht schnell entgegen.

Ich begab mich Richtung Boden, spreizte die Beine und wartete auf ihn. Er blieb stehen und führte seinen Schwanz in mich ein. Jetzt begann mir die Sache dann doch etwas mehr Spaß zu machen. Wie ein Hengst fickte er mich. Immer tiefer wurden seine Stöße, mein Stöhnen konnten nun auch die Anderen hören.

„Noch nicht abspritzen. Fick mich noch mehr!"
Schrie ich ihm vor lauter Freude entgegen. Er war
schon kurz vor dem Kommen.

„Du bist so verdammt eng. Wie soll ich das
aufhalten?" Sprach er und spritzte bereits in das
Kondom.

„Gut, halb so schlimm. Werde heute bestimmt
noch meinen Orgasmus bekommen!" Sagte ich, als
er dabei war, aus mir rauszugehen.

„Das denke ich doch auch!"

Er angezogen, ich völlig nackt. So gingen wir
wieder in das Pokerzimmer.

„Und wie war es?" Wurde er gefragt.

„Einfach geil. Die Süße ist so verdammt eng. Das
dauert nicht lange!"

Ich begab mich wieder zum Tisch und wartete auf
meinen nächsten Sexpartner.

„Wie schaut es mit dir aus?" Sprach ich zu einem.
Er deutete lediglich auf seinen Bargeldbestand und
verneinte. Einer war noch im Gewinnbereich, und

so widmete ich mich lieber diesem zu. Er stand auch sofort auf, und griff mir zwischen die Beine.

„Lust auf einen Fick mit mir?" Sprach ich leise, als gerade sein Mittelfinger in meiner Muschi verschwand.

„Klar!"

Beide verschwanden wir Hand in Hand, genau in das Zimmer, in dem ich fünf Minuten zuvor, von einem anderen Mann gevögelt wurde.

„Und wie soll ich es dir besorgen?" Fragte ich, während er seinen Schwanz wichste.

„Wie hast du es mit meinem Kollegen getrieben?"

„Von Hinten, auf dem Boden hat er mich genommen!"

„Gut, dann will ich von vorne. Im Stehen."

„OK, ist bestimmt auch geil!" Antwortete ich und sah mir seinen Schwanz genauer an. Der war schon ein Riesengerät. Er zog mir meine Beine auseinander und stieß sofort zu. Durch die Vorarbeit seines Freundes kam ich recht schnell.

Auch er war von der Vorgeschichte am Tisch wohl sehr erregt, denn sein Orgasmus dauerte ebenfalls nicht lange.

„Kurz, aber schön!" Lächelte ich ihn an.

„Sorry, ich war so geil!" Entschuldigte er sich.

Er war eigentlich der Netteste unter den ganzen Typen und so wunderte es mich auch nicht, dass er mich warnte.

„Pass auf! Der mit dem Pferdeschwanz ist ein ganz Perverser. Geh mit dem nicht mit!"

„Warum? Was macht der?"

„Naja, sagen wir mal so. Er ist beim Sex eher der dominantere Part!"

„Was bedeutet das?"

„Er mag es ziemlich hart, sagen wir mal so!"

Da ich an diesem Abend doch einiges verdient hatte, musste ich dies nicht unbedingt haben. Ich zog mich bereits im „Fickzimmer" wieder an, und teilte das auch der wartenden Menge mit.

„Männer, für heute ist Schluss! Nicht böse sein, aber mir reicht es!"

Natürlich waren diejenigen, die noch nicht gekommen waren, etwas schockiert, akzeptierten aber meine Entscheidung.

Weitere Erlebnisse zwischen den Jahren, demnächst erhältlich!